Acampamento da vovó

Texto: Anna Claudia Ramos
Ilustrações: Marilia Pirillo

Paulinas

Esta é a turma da vila:

Felipe, Guto, Leo, Nina, Duda e Lulu são as crianças da vila.
Melado, Sanduba, Jujuba e Netuno são os bichos que moram com as crianças.

Dados Internacionais de Catalogação na Publicação (CIP)
(Câmara Brasileira do Livro, SP, Brasil)

Ramos, Anna Claudia
 Acampamento da vovó / Anna Claudia Ramos ; ilustrações Marilia Pirillo. – São Paulo : Paulinas, 2013. – (Coleção sabor amizade. Série Turma da Vila)

 ISBN 978-85-356-3575-1

 1. Literatura infantojuvenil I. Pirillo, Marilia. II. Título. III. Série.

13-07755   CDD-028.5

Índices para catálogo sistemático:
1. Literatura infantil 028.5
2. Literatura infantojuvenil 028.5

1ª edição – 2013
5ª reimpressão – 2025

Direção-geral: *Bernadete Boff*
Editora responsável: *Maria Alexandre de Oliveira*
Assistente de edição: *Milena Patriota de Lima Andrade*
Copidesque: *Ana Cecilia Mari*
Coordenação de revisão: *Marina Mendonça*
Revisão: *Ana Cecilia Mari e Sandra Sinzato*
Gerente de produção: *Felício Calegaro Neto*
Produção de arte: *Telma Custódio*

Nenhuma parte desta obra pode ser reproduzida ou transmitida por qualquer forma e/ou quaisquer meios (eletrônico ou mecânico, incluindo fotocópia e gravação) ou arquivada em qualquer sistema ou banco de dados sem permissão escrita da Editora. Direitos reservados.

Cadastre-se e receba nossas informações
paulinas.com.br
Telemarketing e SAC: 0800-7010081

Paulinas
Rua Dona Inácia Uchoa, 62
04110-020 – São Paulo – SP (Brasil)
(11) 2125-3500
editora@paulinas.com.br
© Pia Sociedade Filhas de São Paulo – São Paulo, 2013

Lulu é dona de Sanduba,
que virou seu melhor amigo.

HOJE É SÁBADO.
A TURMA DA VILA VAI ACAMPAR NO QUINTAL DA CASA DA AVÓ DE FELIPE E GUTO. OS AMIGOS FORAM ANDANDO.

VOVÓ VALENTINA
MORA BEM PERTO DA VILA,
NUMA CASA GRANDE E COM
UM QUINTAL CHEIO DE ÁRVORES.
ELA ESTAVA ESPERANDO A TURMA DA VILA
E AJUDOU A ARMAR AS BARRACAS NO QUINTAL.

FELIPE, LEO E GUTO COMBINARAM DE DORMIR NA MESMA BARRACA. ELES LEVARAM SACOS DE DORMIR, LANTERNAS E BISCOITOS.

VOVÓ VALENTINA DORMIU
NA BARRACA COM AS MENINAS.
NINA, DUDA E LULU DECIDIRAM QUE OS BICHOS
IRIAM DORMIR COM ELAS.

NETUNO NÃO QUIS FICAR NA BARRACA.
ELE ERA O SUPERCÃO E PRECISAVA TOMAR CONTA
DA TURMA TODA.

DUDA DEIXOU A LANTERNA LIGADA
PARA JUJUBA NÃO SENTIR MEDO.

JUJUBA VIU A SOMBRA E LATIU.
SANDUBA E MELADO MIARAM.

VOVÓ VALENTINA LOGO DESCOBRIU
DE QUEM ERA AQUELA SOMBRA GIGANTE.
NINA, DUDA E LULU FICARAM FURIOSAS.

DEPOIS DO SUSTO,
TODOS ACABARAM RINDO,
COMENDO BOLO E TOMANDO SUCO.
SANDUBA ADOROU! MELADO SE DELICIOU.
FOI UMA ALEGRIA SÓ!

Anna Claudia Ramos

Sou carioca, graduada em Letras pela PUC-Rio, mestre em Ciência da Literatura pela UFRJ, e sócia do Atelier Vila das Artes, uma empresa de consultoria e produção editorial.
Fui curadora e mediadora do programa *Leitura em Debate: a LIJ na Biblioteca Nacional*.
Viajo pelo Brasil afora dando palestras, cursos e oficinas sobre minha experiência com leitura e como escritora e especialista em LIJ.
Resolvi escrever os livros da *Coleção Turma da Vila* porque moro em uma vila de casas e vi uma geração inteirinha de crianças crescerem brincando com seus animais de estimação.
Por isso, me inspirei nessas crianças e criei esses livros, onde meninos, meninas, cães e gatos convivem de forma encantadora.
Atualmente está chegando uma nova geração de crianças na vila.
Com certeza novas histórias virão por aí...
Para conhecer mais sobre o meu trabalho visite meu site: <annaclaudiaramos.com.br>.

Marilia Pirillo

Sou gaúcha de Porto Alegre.
Comecei minha carreira trabalhando com projeto gráfico, editoração e ilustração para publicidade e revistas de atividades para crianças.
Em 1995, ilustrei meus primeiros livros de literatura para crianças e não parei mais: hoje são mais de 50 títulos publicados com minhas ilustrações.
Em 2004, quando mudei para o Rio de Janeiro, comecei a fazer aulas de escrita.
Foi em uma oficina de literatura para crianças que conheci Anna Claudia Ramos, que foi mestre, virou amiga e incentivadora da minha carreira de escritora.
As aulas, em pequenos grupos, aconteciam em uma bucólica vila de casas localizada no coração de Copacabana, o Atelier da Vila, que serviu de inspiração para esta coleção.
Também escrevo para crianças e jovens. Tenho 7 livros publicados de minha autoria.
Para saber mais visite: <mariliapirillo.com>.